Los grandes felinos

Los guepardos

por Marie Brandle

Bullfrog en español

Ideas para padres y maestros

Bullfrog Books permite a los niños practicar la lectura de textos informativos desde el nivel principiante. Las repeticiones, palabras conocidas y descripciones en las imágenes ayudan a los lectores principiantes.

Antes de leer

- Hablen acerca de las fotografías. ¿Qué representan para ellos?
- Consulten juntos el glosario de las fotografías. Lean las palabras y hablen de ellas.

Durante la lectura

- Hojeen el libro y observen las fotografías. Deje que el niño haga preguntas. Muestre las descripciones en las imágenes.
- Léale el libro al niño o deje que él o ella lo lea independientemente.

Después de leer

- Anime al niño para que piense más. Pregúntele: ¿Qué sabías sobre los guepardos antes de leer este libro? ¿Qué más te gustaría aprender sobre ellos?

Bullfrog Books are published by Jump!
5357 Penn Avenue South
Minneapolis, MN 55419
www.jumplibrary.com

Library of Congress Cataloging-in-Publication Data

Names: Brandle, Marie, 1989– author.
Title: Los guepardos / por Marie Brandle.
Other titles: Cheetahs. Spanish
Description: Minneapolis: Jump!, Inc., 2021.
Series: Los grandes felinos | Includes index.
Audience: Ages 5–8 | Audience: Grades K–1
Identifiers: LCCN 2020042703 (print)
LCCN 2020042704 (ebook)
ISBN 9781645278641 (hardcover)
ISBN 9781645278658 (ebook)
Subjects: LCSH: Cheetah—Juvenile literature.
Classification: LCC QL737.C23 B724318 2021 (print)
LCC QL737.C23 (ebook) | DDC 599.75/9—dc23

Editor: Eliza Leahy
Designer: Michelle Sonnek
Translator: Annette Granat

Photo Credits: Eric Isselee/Shutterstock, cover, 1, 3, 11, 16, 23tl, 23tm, 24; Shutterstock, 4; Roger de la Harpe/Shutterstock, 5; Carl Dupont/Shutterstock, 6–7, 23bl; Mark Bridger/Shutterstock, 8–9, 23br; WLDavies/iStock, 10; Dr Ajay Kumar Singh/Shutterstock, 12–13, 23bm; WorldFoto/Alamy, 14–15; Chris HarveyPanth/SuperStock, 17; JS Sudan/Shutterstock, 18–19; GUDKOV ANDREY/Shutterstock, 20–21, 23tr.

Printed in China.

Tabla de contenido

Una supervelocidad

¿Cuáles grandes felinos tienen un pelaje amarillo con manchas negras?

¡Los guepardos!

Tienen marcas negras en la cara.

Algunos viven en las praderas.

¿Dónde?

La mayoría vive en África.

pradera

Su pelaje les ayuda a esconderse.

Este se camufla con la hierba.

Ellos pueden ver de lejos.

Este guepardo hembra ve una presa.

El guepardo se mueve en silencio.

La acecha.

ñú

¡Y después corre!

¿Qué caza?

¡Un ñú!

El guepardo es el animal terrestre más rápido.

Cuenta hasta tres.

¡En ese tiempo, un guepardo corre tan rápidamente como un carro!

¡Guau!

¿Ves su larga cola?

Esta le ayuda a balancearse.

¿Ves sus afiladas garras?
Se agarran al suelo.

La presa se escapa.

El guepardo hembra descansa.

Ella toma agua.

Ella regresa donde están sus cachorros.

Estos crecerán.

¡Ellos también cazarán!

cachorro

¿En qué parte del mundo?

La mayoría de los guepardos viven en las praderas de África. Algunos también viven en sabanas, desiertos o montañas. Unos pocos viven en Asia. ¡Echa un vistazo!

donde viven los guepardos

Glosario de fotografías

acecha
Caza o sigue la huella de un animal en silencio y de forma secreta.

balancearse
Mantenerse firme.

cachorros
Guepardos jóvenes.

praderas
Áreas abiertas y grandes de hierba.

presa
Un animal que es cazado por otro animal que busca comida.

se camufla
Se mezcla con otra cosa de manera que las dos cosas combinan juntas.

Índice

Para aprender más

Aprender más es tan fácil como contar de 1 a 3.

1. Visita www.factsurfer.com
2. Escribe "losguepardos" en la caja de búsqueda.
3. Elige tu libro para ver una lista de sitios web.